W0461515

flow

Vom Glück, entspannt die Winterzeit zu genießen

arsEdition

Schönes für die kalte Jahreszeit

In diesem Buch sind viele Ideen und Inspirationen versammelt, die dich daran erinnern, öfter mal innezuhalten, durchzuatmen und den Winter zu genießen.

Gönne dir immer wieder einen besonderen Moment, der dir Entschleunigung, Entspannung und Motivation schenkt!

Jeder Morgen
ist ein neuer Anfang.

Neue Vorhaben sind nicht nur
etwas für den ersten Tag des Jahres.
Gerade in der kalten Jahreszeit,
wenn du Ruhe und Muße hast, dich zu Hause
zurückzuziehen, kann es viel Spaß machen,
über neue Vorhaben nachzudenken.
Und über den richtigen Zeitpunkt dafür.
Der kann jetzt gleich, am nächsten Morgen
oder erst in ein paar Wochen sein.
Wann fühlst du dich bereit für einen
kleinen oder großen Neuanfang?

Was wünschst du dir?

Wenn du deine Träume, Wünsche
und Hoffnungen aufschreibst,
gewinnst du mehr Klarheit über sie und
du hast schon einen ersten Schritt getan,
um deinen Zielen näher zu kommen.

Lieblingslektüre

In den eigenen, ausgelesenen (Lieblings-)Büchern zu blättern kann einem so vorkommen, wie alte Freunde wiederzutreffen – und das erzeugt ein wohlig-warmes Gefühl. Mach dir doch eine Liste von Büchern, die du gern mal wieder lesen würdest. Vielleicht kannst du dir auch deine eigene kleine Bücherapotheke zusammenstellen, zum Beispiel mit Büchern gegen Liebeskummer, für Regentage oder lange Wochenenden, um dann, je nach Stimmung, zum passenden Lieblingsschmöker zu greifen.

Der Hektik des Alltags entkommen …

… und einen Moment nur für dich sein.
Inmitten des alltäglichen Trubels vergessen wir manchmal, wie gut es tun kann, wenn man gelegentlich allein ist. Gönne dir doch mal wieder ganz bewusst eine Auszeit nur für dich, halte inne und konzentriere dich darauf, was du fühlst.

Tipps fürs Gärtnern

Auch im Winter kannst du – unter Glas – Gemüse anbauen. Jetzt ist der richtige Zeitpunkt zum Säen von Frühlingsspinat und Winterportulak. Wenn du keinen Garten hast, kannst du auch einfach eine Schale mit Keimlingen auf die Fensterbank stellen.

»Vor einiger Zeit habe ich
den frühen Morgen für mich entdeckt:
Er hat etwas Magisches!
Weil die Welt noch schläft,
habe auch ich das Gefühl,
mich nicht beeilen zu müssen.
Ich rolle meine Yogamatte aus oder
schreibe einen Brief an meine Großeltern –
und finde Raum für die Dinge,
die im Alltag oft zu kurz kommen.«

SARAH KLÜß, *FLOW*-REDAKTEURIN

Wer loslässt, hat die Hände frei …

… für alles Schöne, Neue,
Interessante, was noch kommt.
Zu Beginn des Jahres tut es gut,
sich von altem Ballast zu befreien,
um innerlich und äußerlich wieder
»neu« zu werden. Was kann weg?
Was findet einen neuen Platz?
Wofür nehme ich mir im neuen Jahr
mehr Zeit?

Nur wenn wir den Winter geduldig abwarten, erleben wir den langersehnten Frühling.

ANNE LINDBERGH-MORROW
(1906–2001)

Schlafen, ausruhen, dösen

Nicht nur Tiere brauchen ihren Winterschlaf. Wenn es draußen nass und kalt ist, tut auch uns Rückzug und Entspannung gut. Achte doch einmal bewusst darauf, ob dein Biorhythmus im Winter ein anderer ist als im Sommer, und versuche, deinen Tagesablauf darauf abzustimmen.

Worauf freust du dich?

Wenn dich der Winterblues mal packen sollte, dann kann es helfen, sich schöne, warme Sommermomente auszumalen, auf die man sich besonders freut – die Freundin zum Eis einladen, das erste Mal Sandalen anziehen, Sonnenstrahlen, die einem den Rücken wärmen … Was sind deine liebsten Sommergedanken?

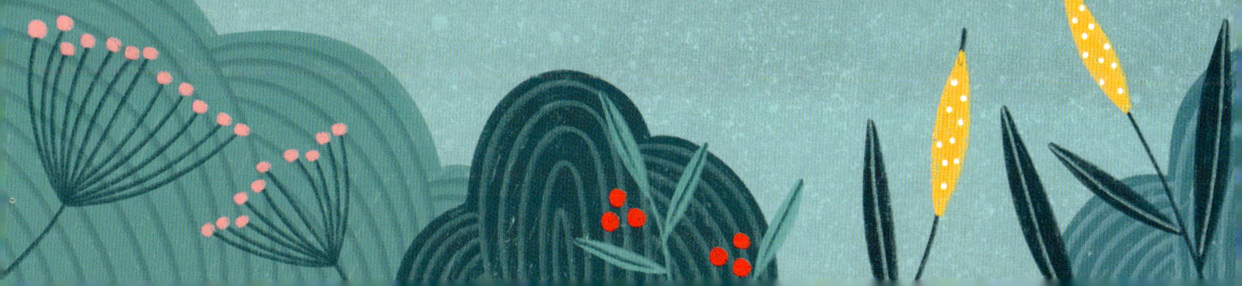

Auf in den Winterwald!

Auch in den kalten Monaten ist der Wald ein magischer Ort – die klare Luft, der schräge Lichteinfall, die Gerüche nach Schnee, Eis und Feuchtigkeit und die zurückgenommenen Geräusche machen den Winterwald so besonders. Jetzt lassen sich in der feuchten Erde oder im Schnee leicht Tierspuren finden, und zwischen den kahlen Bäumen hindurch kann man weiter blicken als in anderen Jahreszeiten, wenn sie Laub tragen. Hast du jetzt vielleicht Lust auf einen Waldspaziergang bekommen?

Der Winter
liegt auf meinem Haupt,
aber der ewige Frühling
ist in meiner Seele.

AUS
CHINA

Einen Moment der Achtsamkeit genießen

Nimm dir doch heute mal wieder Zeit
für einen achtsamen Moment – vielleicht
bei einem kleinen Morgenritual. Das kann
am Frühstückstisch sein oder noch im Bett:
Richte deine Aufmerksamkeit auf deine Atmung.
Atme fünfmal aufmerksam ein.
Spürst du, wie du ganz im
Hier und Jetzt bist?

Wie oft hast du dich in letzter Zeit
selbst gelobt, schön gefunden oder gedacht:

Ich bin gut so, wie ich bin?

To-dos or not To-dos?

Schreibe dir eine Liste der Dinge,
die du im Winter unbedingt machen,
ausprobieren oder erleben möchtest.
Und dann noch eine Liste der Dinge,
die du auf keinen Fall tun möchtest –
auf welcher Liste stehen
bei dir mehr Punkte?

Malen beruhigt.

Wenn man am Schreibtisch sitzt
und zeichnet oder aquarelliert,
dann ist das wie meditieren.
Und das Gute ist: Jeder kann es!
Wie das Ergebnis aussieht,
das ist unwichtig, denn in den Flow
und zur Meditation kommt
man beim Tun.

WHEN YOU CAN'T FIND THE SUNSHINE, BE THE SUNSHINE.

Stimmt es wirklich, dass das Glück von innen kommt? Manchmal kann man ihm vielleicht auch durch äußere Umstände ein wenig auf die Sprünge helfen. Wenn es draußen dunkel, kalt und nass ist, hilft ein bisschen mehr Wärme und Licht, um sich seine innere Sonne zu bewahren. Mit einer hellen Arbeitslampe oder sogar einer Tageslichtlampe kann man seinem Körper suggerieren, dass man gerade nicht in den Winterschlaf fallen möchte. Ein warmes Getränk, kuschelige Socken an den Füßen und frisches Obst zum Snacken runden das Wohlfühl-Ensemble ab.

Momente sammeln

Wenn du dir wieder mal
etwas kaufen willst, das du nicht
unbedingt brauchst, dann denk dran:
Schöne Erlebnisse werden im Rückblick häufig
als noch wertvoller empfunden und machen
nachhaltig glücklich – Dinge eher nicht.
Gönne dir also stattdessen doch
lieber einen besonderen Ausflug oder
einen Wochenendtrip – das kann
auch wieder ein bisschen Schwung
in die ruhige Winterzeit bringen.

Gegen den Winterblues …

… helfen ein lecker duftender Tee und deine Lieblingsplätzchen, ein paar Kerzen und gemütliche Kissen dazu – fertig ist dein Wellness-Rezept für kalte Tage.

Eine Tasse Tee am Abend …

… ein warmes Wannenbad, eine Wärmflasche mit ins Bett nehmen – was ist deine liebste Winterroutine? In den warmen Monaten fühlt sich das Leben oft leichter an und es gibt mehr Gelegenheiten für kleine Auszeiten. Ein Picknick, ein Moment in der Sonne, ein leckeres Eis. Damit Erholung und Genuss im Winter nicht zu kurz kommen, kann man sich zum Beispiel zweimal in der Woche einen festen Termin dafür einplanen. So wirst du immer wieder daran erinnert, deine Glücksreserven aufzuladen.

Be kind to yourself.

Wenn dein Leben gerade anders verläuft, als du es gern hättest – verurteile dich nicht selbst dafür. Bleib dir gegenüber so verständnisvoll und mitfühlend, wie du es deiner besten Freundin gegenüber wärst. Gerade dann, wenn die kalte Jahreszeit der eigenen Stimmung zusetzt, tut es gut, wenn man nicht zu kritisch mit sich selbst ist.

Du willst dich gern mehr bewegen?

Dann mach dir bloß keinen Druck. Überlege lieber, auf welche Sportart du wirklich Lust hättest. Ansonsten sind auch eine Stunde Spazierengehen oder Radfahren im eigenen Tempo schon gut für dich. Du baust Stress ab, bekommst bessere Laune – und damit auch Lust auf mehr.

Es sind nicht die Dinge selbst,
die uns beunruhigen,
sondern es ist unser Bild
von den Dingen.

EPIKTET
(50–138 n. Chr.)

Persönliche Rituale …

… nähren den Geist und bringen Ruhe und Ausgeglichenheit in deinen Tag. Sie schaffen Raum für Dinge, die dir wichtig sind und in der Hektik des Alltags zu kurz kommen. Solche Rituale müssen nicht aufwendig sein: eine kurze Geschichte lesen, jeden Morgen einen Obstteller zubereiten, spazieren gehen ... eigentlich kann alles zu einem Ritual werden. Hast du vielleicht schon eines?
Was würde sich in deinem winterlichen Tagesablauf anbieten?

Kitschfilm gegen den Winterblues?

Was hilft dir, wenn du traurig bist?
Was bringt dein Herz zum Hüpfen? Was entspannt
dich? Und was bewirkt genau das Gegenteil
von alldem? Es könnte eine gute Idee sein,
all die Dinge, die dir nicht guttun,
in einer kleinen Selfcare-Tabelle aufzulisten.
Anschließend kannst du dir deine persönliche,
heilende »Gegenmedizin« dazu notieren.

BE SOMEONE
WHO MAKES YOU HAPPY.

Kreatives Upcycling

Wir trennen uns von vielen Dingen, aus denen man mit wenigen Handgriffen etwas Schönes und Neues machen könnte. Aus alten Verpackungen lassen sich Karten oder Umschläge basteln, leere Blechdosen lassen sich bunt verzieren und als neue Aufbewahrung für Stifte, als Windlichter oder Untersetzer umfunktionieren.

»Ich bewahre die schönsten Karten
von Freund:innen und Familienmitgliedern
in einer Box auf. Wenn es mir mal
nicht so gut geht, stöbere ich darin herum,
lese ein paar noch mal und habe
sofort ein Lächeln auf den Lippen.«

EVA-MARIA KOWALCZYK, *FLOW*-ARTDIREKTORIN

Im Winter
Sommererinnerungen sammeln

Sind die Fotos vom letzten Sommer
schon geordnet oder eingeklebt?
Wenn du in den kalten Monaten wieder
sehnsuchtsvoll in Urlaubserinnerungen
oder sonnigen Momenten schwelgen möchtest,
wäre doch jetzt eine gute Gelegenheit,
deine Fotos digital zu sortieren,
ein Fotobuch zu gestalten oder Bilder
in ein schönes Album zu kleben.

Deine Träume sind ein Teil deiner Persönlichkeit. Gib ihnen Raum, sich zu entfalten!

Welcher Traum, welche Wünsche und Pläne beschäftigen dich gerade? Vielleicht hast du Lust, sie aufzuschreiben – und deinen Traumbrief in ein paar Wochen wieder hervorzuholen, um deine Ideen lange wach und lebendig zu halten.

Achtsam essen

Eine warme Mahlzeit tut in den kalten Monaten besonders gut! Daher wäre es doch eine schöne Idee, das Essen ganz bewusst zu genießen und sich Zeit dafür zu nehmen, um gleichzeitig Energie, Wärme und Entschleunigung zu tanken. Kleiner Tipp: An einem liebevoll gestalteten Essplatz fällt das besonders leicht. Eine Kerze, ein Frühblüher im Topf oder eine dekorative Tischdecke verleihen jedem Alltagsessen einen kleinen Extra-Glanz.

Das ist eines der Geheimnisse des Lebens:
Die Seele mittels der Sinne
und die Sinne mittels der Seele
zu heilen.

OSCAR WILDE
(1854–1900)

Kleine Meditation für den Moment

Schließe die Augen, lasse deinen Körper ruhig werden und atme ganz bewusst ein und aus. Jetzt kannst du bewusst spüren, wie dein Atem in deinen Körper hinein- und wieder hinausströmt. Versuche, dich nur darauf zu konzentrieren – und gönne dir doch ab jetzt ruhig öfter einen entspannenden Hier-und-Jetzt-Moment!

Lassen Sie uns
den Luxus der Stille haben.

JANE AUSTEN
(1775–1817)

Digital Detox

Es ist völlig okay, online
mal nicht erreichbar zu sein.
Eine Stunde, einen Abend,
ein ganzes Wochenende lang.
Das gibt dir die Möglichkeit,
mehr Zeit für die Dinge einzuplanen,
bei denen du das Gefühl hast,
dass sie bei dir ein bisschen
zu kurz kommen.

Wo deine Talente
und die Bedürfnisse der Welt
sich überschneiden,
da liegt deine Berufung.

ARISTOTELES
(384–322 v. Chr.)

Draußenzeit

Ein kurzer Spaziergang, eine Runde mit dem Fahrrad oder eine kurze Joggingstrecke – schon eine Viertelstunde genügt, um den Kreislauf in Schwung zu bringen und frische Luft zu tanken. Die Belohnung: Danach fühlt sich das eigene Zuhause noch ein bisschen gemütlicher an.

Wenn wir
keinen Winter hätten,
wäre der Frühling
nicht so angenehm.

ANNE BRADSTREET
(1612–1672)

Hast du einen Lieblingsort, ...

... den du gerne aufsuchst, wenn es warm ist?
Eine Bank im Park, ein bestimmtes Viertel
in der Stadt oder eine Wiese,
an der du öfter vorbeispazierst?
Dann wäre es doch eine gute Idee, dort
jetzt im Winter häufiger vorbeizuschauen
und den Ort auch zu dieser Jahreszeit
etwas besser kennenzulernen.

Ein Getränk für die Seele: heißer Kakao

Bei vielen löst der Duft von warmem Kakao Kindheitserinnerungen aus. Ist das bei dir auch so? Die Zutaten für eine heiße Schokolade hast du vermutlich zu Hause: Du benötigst nur etwas Milch, (dunkles) Kakaopulver und Zucker oder ein alternatives Süßungsmittel. Wärme dir die Milch auf und rühre ausreichend Pulver hinein. Anschließend nach Geschmack süßen und genießen.

Bildschön

Alte Bilder oder neue Kunstwerke – ein Museumsbesuch liefert dir auf jeden Fall inspirierenden Input und ist ein willkommenes Highlight an grauen Wintertagen (das mit einem leckeren Stück Kuchen im Museumscafé abgerundet werden kann).

Lieblingsduft selbst herstellen

Mit naturbelassenen ätherischen Ölen, zum Beispiel aus Jasmin, Orange und Eukalyptus, lassen sich wohltuende Duftkombinationen selbst kreieren. Da ätherische Öle eine hohe Wirksamkeit haben, muss man darauf achten, sie sparsam anzuwenden – dazu kann man sie auch mit neutralen Ölen oder Alkohol verdünnen. Ein paar Tropfen in einer Wasserschale auf der Heizung oder einem Diffuser reichen aus, um deine Wohnung gut duften zu lassen und es dir dort noch etwas gemütlicher zu machen.

»*Der* Tag, *die* Sorge – das sage ich mir, wenn das Gedankenkarussell sich zu drehen beginnt. Damit erinnere ich mich daran, nicht schon im Voraus über Probleme zu grübeln, die vielleicht nie eintreten.«

SINJA SCHÜTTE, *FLOW*-CHEFREDAKTEURIN

Nimm dir Zeit,
um schöne Dinge
zu erleben,
die dich glücklich
machen.

Saisonale Rezepte ausprobieren

Auch im Winter gibt es frisches Gemüse, wie Chicorée, Lauch und Champignons, das aus der Region kommt: Schau doch mal auf deinem Wochenmarkt vorbei! Oder informiere dich digital, zum Beispiel mit einer App, über saisonale Produkte und Rezepte. Und lasse dich dazu inspirieren, ein neues Rezept auszuprobieren.

Lebe die Jahreszeit, die kommt!

Atme die Luft,
trinke, schmecke die Früchte
und überlasse dich
ihrem Einfluss.

HENRY DAVID THOREAU
(1817–1862)

Zeit für Kreativität

Wähle ein beliebiges Bild aus einer Zeitschrift aus, reiße es in der Mitte durch, klebe die eine Hälfte auf ein Blatt Papier und gestalte die andere Hälfte neu – ganz so, wie es dir gefällt.

Lieber glücklich als perfekt

Es muss nicht immer alles hundertprozentig sein!
Es tut gut, sich von Idealvorstellungen
zu lösen und bewusst Mut zur Lücke zu beweisen.
Manchmal genügen eben auch die gekauften
Plätzchen, der schnell gebastelte
Geschenkgutschein oder Alltagsklamotten
für die Weihnachtsfeier.

Hast du Lust dazu, einfach aus Spaß etwas Neues zu lernen?

Vielleicht schwebt dir schon lange vor, eine alte Handarbeitstechnik, Portugiesisch-Basics oder das Kraulschwimmen zu erlernen? Wenn du dir regelmäßige Erinnerungen setzt, kannst du in kürzester Zeit viele, spannende Dinge ausprobieren und deinen Horizont dabei ungemein erweitern.

Ein 30-Tage-Winterspecial-Projekt starten

Jeden Tag eine Kleinigkeit tun und plötzlich wird daraus eine runde Sache – das ist die Idee dahinter. Du investierst täglich etwa zehn Minuten Zeit für dein Projekt, zum Beispiel beim Fotografieren (den Blick aus deinem Schlafzimmer, jeden Tag zur gleichen Uhrzeit), beim Häkeln (jeden Tag ein Granny Square) oder Schreiben (jeden Tag eine Mini-Szene oder ein Tagebucheintrag). Das macht Freude und du entfliehst für eine kurze Zeit der Alltagsroutine.

Ich kenne nichts auf der Welt,
das eine solche Macht hat, wie das Wort.
Manchmal schreibe ich eines auf
und sehe es an,
bis es beginnt zu leuchten.

EMILY DICKINSON
(1830–1886)

Zeitgeschenke

Manchmal ergeben sich unterwartet Pausen. Weil man länger warten muss als gedacht: auf einen Freund im Café, auf den Zug, auf die Handwerkerin. Versuche, diese Zeit nicht als verloren anzusehen, sondern als Geschenk anzunehmen: Du erhältst ein wertvolles Zeitfenster, das du ganz allein für dich nutzen kannst.

Was du über dich selbst denkst,
ist viel wichtiger als das,
was andere über dich denken.

SENECA
(etwa 1–65 n. Chr.)

Schneeflocken-Momente

Jeder Moment ist
einzigartig, da er so
nie wiederkommen wird.
Gute und weniger angenehme
Augenblicke vergehen.
Genau darin liegt
ihr Zauber und zugleich
die Möglichkeit zur
Versöhnung mit Phasen,
in denen man sich nicht
so gut fühlt.

Happy Plant Lady

Schlummert die Vegetation draußen
im Winterschlaf, ist es umso schöner,
frisches Grün in die eigenen vier Wände
einziehen zu lassen. Komplizierte Alocasia
oder unverwüstliche Sukkulente?
Es gibt sicherlich die eine Pflanze,
die am besten zu dir passt!

Adventskerzen-Upcycling:

Gemütliches DIY für kalte Januartage

Wenn die Kerzen vom Adventskranz ausgedient haben, kannst du sie, genauso wie alle anderen Wachsreste auch, zu neuen Kerzen wiederverwerten. Am einfachsten geht das, indem man die Wachsreste in einer alten Konservendose im Wasserbad erhitzt und das flüssige Wachs nach und nach in eine vorbereitete Form gießt (z.B. in eine zurechtgeschnittene und mit der unteren Seite auf eine Pappe geklebte Küchenrolle). Vorher den Docht (aus dem Bastelgeschäft) in etwas Wachs eintauchen, dann gerade ziehen und, z.B. an einem Zahnstocher befestigt, mittig in die Form ragen lassen.

Gibt es schließlich
eine bessere Form,
mit dem Leben fertig zu werden,
als mit Liebe und Humor?

CHARLES DICKENS
(1812–1870)

»Ich liebe es,
Spiele aus der Kindheit zu spielen:
Kniffel, Scrabble, Stadt-Land-Fluss.
Das macht Spaß, weckt schöne Erinnerungen
und bringt einen so herrlich
raus aus dem Alltag.«

TANJA REUSCHLING, *FLOW*-REDAKTIONSLEITERIN

Warme Farben gegen graue Tage

Wenn man sich in der eigenen Wohnung kreativ austobt, schlägt man gleich zwei Fliegen mit einer Klappe: Man kann sein Zuhause verschönern und seine Zeit mit glücklich machenden Aktivitäten verbringen. Wenn du in der grauen Jahreszeit ein bisschen Wohlfühlwärme in deine Wohnung bringen möchtest, musst du gar nicht viel investieren: Eine kuschelige Überdecke, fröhlich-bunte Kissenbezüge oder ein farbig bemaltes Wandstück machen schon richtig viel her. Wie wäre es mit warmen, satten Farben wie Senfgelb, Ocker-Orange oder Brombeere?

Was macht dich happy?

Schreibe deine persönliche
10-Punkte-Glücksliste auf.
In den nächsten Wochen versuchst du, jeden
der Punkte mindestens einmal abzuhaken.

Be kind.

Die besten Tage sind die, an denen du nichts anderes geschafft hast, als dir für jemanden Zeit zu nehmen.

Frühlingserwachen

Du kannst den Frühling schon im Winter
in die Wohnung lassen. Denn schon jetzt
gibt es Frühblüher zu kaufen: Sieh den Hyazinthen
oder den Tulpen dabei zu, wie sie Blüten treiben,
den Raum verschönern und spüre, welche Lust
sie auf den Frühling machen.

Es gibt nichts Schöneres, ...

... als die Erste zu sein: die Erste, die ihre Schritte auf den frisch gefallenen Schnee setzt. Das Knirschen unter den Sohlen, das Gefühl von Klarheit und der Duft des Schnees machen diese Momente immer wieder bezaubernd schön.

Glück ist wie ein Schmetterling.

Will man es einfangen,
so entwischt es einem immer wieder.
Doch wenn du geduldig abwartest,
lässt es sich vielleicht von selbst
auf deiner Hand nieder.

NATHANIEL HAWTHORNE
(1804–1864)

Momente der Ruhe

Würdest du gern ein Sabbatical nehmen, aber es geht nicht? Versuche doch, Mini-Sabbaticals zu machen. Eine Stunde am Tag einfach mal nichts tun oder Entspannung in kleinen, alltäglichen Dingen suchen. Durch diese Momente wirst du dich gleich erholter fühlen.

»Ich führe ein Fünf-Jahres-Tagebuch, in dem es für jeden Kalendertag fünfmal Platz für ein paar Zeilen gibt. Darin blättere ich gern und erinnere mich an all die schönen Momente, die viel zu schnell in Vergessenheit geraten. Danach bin ich dankbar, weil ich weiß, dass die nächste schöne Erinnerung schon wartet.«

MADELINE SCHMOLKE, *FLOW*-GRAFIKERIN

Zu Fuß unterwegs

Bewegung tut eigentlich immer gut.
Und wenn es draußen ungemütlich und kalt ist,
erfrischt ein Spaziergang umso mehr.
Versuche doch, öfter mal kürzere Strecken
zu laufen, statt mit dem Bus, mit der U-Bahn
oder dem Auto zu fahren. Die Bewegung,
die uns im Winter oft fehlt, können wir
so leicht wieder reinholen.

Verwandle Online-Zeit in Kreativzeit!

Dein Handy gibt dir Auskunft darüber, wie lange du täglich mit digitalen Aktivitäten beschäftigt bist. Bei den meisten sind das mindestens ein bis zwei Stunden am Tag. Wenn du einen Teil dieser Zeit dafür verwendest, etwas Kreatives zu tun, das deine Sinne und deine Hände in einer direkteren Weise beansprucht, wirst du merken, wie das dein Wohlbefinden positiv beeinflussen kann. Das bedeutet nicht, dass du sklavisch aufs Handy verzichten musst, aber bewusst ein- bis zweimal die Woche eine Stunde in Kreativzeit zu investieren, lohnt sich bestimmt.

Sehnsucht nach Strand?
Lust auf Berge?

Spiele doch mal ganz viele Möglichkeiten durch: Mit wem würdest du gern verreisen, wie und wohin? Und nimm das Thema mit zu Freund:innen und Familie – vielleicht wird ja etwas Konkretes aus deinen Plänen und du kannst dich jetzt schon auf deinen nächsten Wochenendtrip oder Jahresurlaub freuen.

Neuen Kurs einschlagen

Ob eine neue Handarbeitstechnik,
ein spezieller Kochkurs oder
ein Meditationsseminar … Das Internet
ist ein Universum voller Möglichkeiten!
Und die perfekte Bühne dafür,
unverbindlich etwas Neues auszuprobieren
und dabei ganz gemütlich zu Hause zu bleiben.
Welche Art Kurs würde dich reizen?

Verdirb dir nicht die Freude an dem,
was du hast, indem du dir wünschst,
was du nicht hast; denke daran,
dass das, was du heute hast,
einst zu den Dingen gehörte,
von denen du nur träumtest.

EPIKUR
(341–270 v. Chr.)

Musik ist Nahrung für die Seele.

Gute-Laune-Musik hilft gegen Winterblues – und macht, genau: gute Laune! Und wenn dir nach Bewegung ist, dann vergiss für eine Zeit die Welt um dich herum und fange an zu tanzen. Wie fühlt sich das an?

Neues für deine Rezeptesammlung

Hast du auch so ein chaotisches Rezeptesammelsurium zu Hause? Wie wäre es, wenn du die wirklich guten Rezepte noch einmal sauber in ein neues Journal schreibst und vielleicht bei der Gelegenheit auch deine Familie und deine Freund:innen fragst, ob sie dir eines ihrer aktuellen Lieblingsrezepte weitergeben können? So tust du etwas Schönes, lernst neue Gerichte kennen und hast außerdem noch einen richtig guten Anlass dafür, dich mal wieder bei allen deinen Lieben zu melden.

Don't give up.
Great things
take time.

Es ist nie zu spät,
so zu sein, wie man gerne
gewesen wäre.

GEORGE ELIOT
(1819–1880)

»Es gibt kaum einen anderen Ort,
an dem ich so gut meinen Gedanken nachhängen
und die Sorgen des Alltags abwerfen kann,
wie auf meinem Fahrrad. Wenn Häuser und Bäume
an mir vorbeiziehen, fühle ich mich
ganz leicht und frei.«

YVONNE ADAMEK, *FLOW*-REDAKTEURIN

Wer aufhört,
Fehler zu machen,
lernt nichts mehr
dazu.

THEODOR FONTANE
(1819–1898)

Raunachtgedanken

In den Nächten zwischen Ende Dezember
und Anfang Januar, so heißt es,
träumt man intensiver als in anderen Zeiten.
Somit sind die Raunächte perfekt dafür,
ein Traumtagebuch zu führen.
Ob deine Träume wohl in Erfüllung gehen?

Wer das Ziel kennt, kann entscheiden.
Wer entscheidet, findet Ruhe.
Wer Ruhe findet, ist sicher.
Wer sicher ist, kann überlegen.
Wer überlegt, kann verbessern.

KONFUZIUS
(etwa 551–479 v. Chr.)

Zusammensein

Warum nicht einfach mal wieder alles stehen und liegen lassen, um eine gute Freundin zu treffen, mit der Oma zu telefonieren oder mit dem besten Freund ins Kino zu gehen? An schöne und wertvolle Begegnungen denken wir noch lange zurück und sie bringen uns wohlige Wärme in die kalte Jahreszeit.

Unsere Träume können
wir erst dann verwirklichen,
wenn wir uns entschließen,
daraus zu erwachen.

JOSEPHINE BAKER
(1906–1975)

Stell dir vor,
es ist ein kalter,
grauer Winternach-
mittag …

… und du hast ein spannendes Buch oder eine tolle Zeitschrift zu Hause, legst dich aufs Sofa und nimmst dir ganz viel Zeit für deine Lektüre, ohne der Welt da draußen Beachtung zu schenken. Ist dieser Winternachmittag nicht einfach perfekt dafür, um sich zurückzuziehen und sich von schönen Texten, Bildern und Stimmungen inspirieren zu lassen?

Café-Nachmittage

Jetzt ist die beste Jahreszeit,
um ein neues Lieblingscafé zu entdecken.
Teste doch mal wieder ein paar
neue Lokale in deiner Umgebung aus.
Im Café kann man auch herrlich
vor sich hinträumen, ein Buch lesen
oder Tagebuchschreiben. Hast du
das schon mal ausprobiert?

Ein Weg bildet sich dadurch, dass er begangen wird.

ZHUANGZI
(etwa 365–290 v. Chr.)

A place to be

Versuche, möglichst viel Zeit an Orten zu verbringen, die dich glücklich machen. Oder an Orten, die du schon lange nicht mehr aufgesucht hast, die dir aber ein gutes Gefühl vermitteln und zu deiner persönlichen Winterstimmung passen. Zum Beispiel deine Stadtteilbibliothek, ein bestimmter Laden, ein Ort in der Natur. Vielleicht ist es auch die Küche deiner Mama oder das Sofa zu Hause … Wenn man mal anfängt, darüber nachzudenken, fallen einem viele Lieblingsalltagsorte ein. Und warum sollte man diesen nicht öfter einen Besuch abstatten?

Das Glück
gehört denjenigen,
die sich selber
genügen.

ARISTOTELES
(384–322 v. Chr.)

Sich entspannt zurücklehnen …

… neue Pläne schmieden und das letzte Jahr
Revue passieren lassen –
das kann man am besten an einem
grauen Winternachmittag.

Covergestaltung: Grafisches Atelier, arsEdition GmbH
unter Verwendung einer Illustration von Bea Muller (soleyandthebear.com)

Gestaltung Innenteil: Eva Schindler
Illustrationen und Vignetten Innenteil: Bea Muller

ISBN 978-3-8458-4984-3

www.arsedition.de
www.flow-magazin.de

FSC
www.fsc.org
MIX
Papier aus verantwortungsvollen Quellen
FSC® C020056